현대시세계 시인선 153

우리 집 식구는 되고
남의 집 식구는 안 되나요?

김기호
시집

우리 집 식구는 되고
남의 집 식구는 안 되나요?

김기호
시집

도서출판 북인

세 번째 스무 살을 맞은

아내 신상에게

이 시집을 헌정합니다.

2023년 5월

시인의 말

참매미 소리 들리는 아침입니다.
두 번째 시집에서 타자의 소리에 귀를 기울이겠다던 다짐이 얼마나 지켜졌는지 돌아보면, 부족한 것이 너무 많은 시간의 연속이었습니다. 변명도 없이 쓰여진 글들에 대한 미련과 욕망으로 세 번째 시집을 묶어냅니다. 시를 쓰면 제일 먼저 보아주던 아내의 든든한 지지가 있었고, 질병으로 힘겹게 사투를 벌이던 힘든 아내의 모습과 함께 걱정하던 식구들 스쳐갑니다. 상념의 나래를 펴기 위해 걸었던 사시사철 수많은 길들도 지나갑니다. 힘들다 푸념도 없이 옆에서 묵묵히 함께 걸어주었던 아내가 눈에 밟히니, 팔불출을 인정해야 하겠습니다.
이 시집이 출간되도록 지원사업으로 선정해주신 심사위원님들과 문화재단 관계자 여러분에게 감사의 인사드리며, 뜨거운 여름 무더위에도 기꺼이 평론의 글을 써주신 시인 박민수 은사님께 감사의 머리를 숙이며, 가까이에서 도움을 주신 동료 시인과 글의 교정과 출판에 정성을 다해주신 도서출판 북인에도 감사의 인사를 드립니다. 끝으로 이 시집을 읽는 미지의 독자 분들에게 '고맙습니다'라는 미래의 인사를 전합니다.
7, 8월의 폭우와 무더위가 지구의 기후재앙 시대임을 일깨워줍니다. 부족한 글 읽어주는 모든 분들께 머리 숙여 고마움의 인사를 드립니다.

2023년 9월
빈집 김기호

차례

2부

3부

4부

1부

시집 보낸다

우체국에 간다

서너 해 면벽하며
써놓았던 글들을
차곡차곡 봉투에 담아

기억하는 그대에게
시집 보낸다

내 눈에만 보이는
관계와 사유들
꾸역꾸역 기억했던
행복과 불행의 다름을

그이도
맞은편에 서서
바라보라고

그대에게 시집 보낸다.

여보게

여보게,
내가 죽거든
대안리 매지 임도를
이른 아침 걷다가
거미줄에 걸려 죽은 줄로
알게

길섶 산딸기가 익어가는 어느 날
소쩍새 우는 산굽이 길모퉁이에서
개망초처럼 하염없이 서서
그대 오기를 기다리다
늦깎이로 핀 애기똥풀 바라보며
행복하게 죽은 줄 아시게

사는 게 별일이었던
한세상 애틋하게 살다가
뉘엿뉘엿 지는 해처럼
황홀하게 붉은 노을 남기며 떠나는
아름다운 것 중 하나로
기억해주게

유월은 찔레꽃 지고
분홍빛 낭자한 딸기꽃 남아
씨앗을 준비하는 초여름

이 햇빛 찬란한 숲길
홀로 걸으며
이른 아침 소풍길 아름다웠다고
앞서간 엄마 아버지 만나면
말해드려야겠네

여보게,

이 호젓한 숲길에서
행여 나의 잠든 주검을
만나더라도
너무 놀라지 말게.

존재와 기억의 반추

떠올린다는 것은
목격을 온몸으로 겪어내는 일

엄마는
벌거벗은 다섯 살배기를
눈길 손길로 기억한다

경험한다는 것은
사태를 새김질로 담아내는 일

다섯 살에 멈춘 기억은
상여 나서던 집 앞 빈터
아부지 뒤 졸졸 따라 걷던
흐릿한 풍경 한 자락

외딴 밭 덩그러니 초가 한 채
사립문 밖에서
빼꼼 열린 방문
훔쳐보던 침침한 기억뿐

기침과 각혈 가득했던
어두운 방안의
고통과 죽음 길어낼 수 없다

기억한다는 것은
온몸으로 사태를 겪어내는 일

기억하지 못한
실존 목도目睹하고
뒤늦게 엄마의 사별死別을 퍼 올리는 일.

오늘 아침 남대봉
— 희권 원주 오다

창이 하늘 한 귀퉁이 품은
이층 베란다로
입동 아침이 왔네

건너편 7층 유리창에 반사된 햇살
모퉁이 하늘 보여주던
남대봉* 보여주지 않네

보나마나 지금쯤
서리 하얗게 쓴 채
안개구름 속 헤매고 있을 터
언제쯤 얼굴 보여줄지
오리무중이니
서두르지 말게

내일 아침에는
하늘 한 조각 베란다 창에서
제라늄 물 주고 있는
아내 만나러

안개 속으로
남대봉 찾아갈 걸세

자네도 같이 가게.

*남대봉 : 치악산 주능선의 남쪽 끝자락, 상원사 뒷산 봉우리(1,182m).

청춘이여 안녕!

헤어질 때 쓸쓸했어도
따뜻한 손 꼭 잡고 놓았네

진눈깨비 오는 터미널
머뭇거리던 막차 올 때까지

다시 만날 것 기약하지 못한
불확실성의 시대 서성거렸지

가자, 두 번 다시 이 길
돌아올 수 없음 알아도
씨익 한번 웃고 가자

그리운 여신*
마지막 날 배웅하던
그대 이름은 안녕!

가도 아주 잊을 수 없다
유년의 기억처럼
청춘의 얼굴처럼

아득하게 떠올려보곤
먼 훗날 쓸쓸하게 웃으련다

지금은 10시 50분
서성거리던 막차 다가선다

그리운 여신

처음 나눴던 인사처럼
헤어지는 시간 섭섭해
나누던 마지막 인사는
서운한 미소 듬뿍 담긴

"잘 가"

가도 이젠
영영 떠나고 싶은 이승이다.

* 윤여신 : 대학 친구, 여행가, 아마추어 클래식 기타 연주자.

출항
— 부산 봉래나루

부대끼며 살아가는
것들 있다

바람이 몸 비빌 때마다
밤새 흔들렸을 수면들 위로

통통배 촘촘히
헌 타이어 두르고
밧줄로 서로 동여맨 채

끼이익 끼익 소리내며
밤새 흔들렸던 어둠을
조금씩 들추어내던 여명이

묶였던 배
풀어내는 새벽

살갑게 몸 비비던
바람도 흠칫 놀라

울컥울컥 검은 연기 쓸어내며
매였던 몸 풀어
조금씩 길
바다 쪽으로 밀어내려

이 꼭두새벽
가랑가랑 힘내어
먼바다 나아갈 준비로
안간힘 쏟는 것이다.

시집 가는 날

딸아이가 가출家出 했습니다

입에 밥풀 묻힌 채
토끼 어부바 해주던
소꿉시절 아장아장 지나가고

잠들 때마다 쿵쿵이 붙들고
엄마 떨어져 코자던* 시간도
머뭇머뭇 지나가고

언덕배기 쉬지 않고
오빠랑 자전거 타던
씩씩하던 초등시절
꿈결인 듯 지나가고

토라질까 말도 못 붙이던
중학생 소녀시절 애틋하게 달아나고

늦은 밤마다
학교 후문에서 기다리던

여고시절 아련하게 스쳐가고

여름 겨울마다
기숙사 짐 빼던 날만
대학시절 어여쁜 얼굴
보여주던 딸아이가

제 손으로 밥벌이 한다기에
멀리 인천 부산 떨궈놓고
돌아서던 마음 허전하던
딸아이가

어느 가을날
사랑 찾아 훨훨
행복하게 날아가는 날

오늘
우리 딸 예슬이가
출가出嫁 했습니다.

* 코자다는 코하다(자다의 어린이 말)의 강원도 입말.

그대를 만나면
— 사이뇌 시상하부*의 사랑

당신 앞에 서면
마음이 들떠
체온이 살짝 올라가요

더 많이 더 오래
보고 싶어
눈이 더 커졌나요?

목소리 하나 놓치지 않으려
딴청 하면서도
귀는 쫑긋해요

눈치채셨나요?
숨도 조금 가빠져요
안 그런 척 내숭 떠느라
헤어지고 오면

갈증나고 배도 고파요
아으, 피곤해요

이제 자리에 누워
함께 잠들고 싶은 밤이에요

하루 생체리듬이
온통 당신을 향해 있어요

집착인가요?
아니, 애착이에요
돌보고 싶은 마음 가득해요

불현듯 둥지도 짓고 싶어요.

*사이뇌 시상하부 : 대뇌와 중뇌 사이 시상 아래에 위치, 대사과정과 자율신경계의 활동을 관장하고, 신경호르몬을 합성, 분비 조절하며, 뇌하수체호르몬의 분비를 조절하여 체온, 배고픔, 갈증, 피로, 수면과 일주기 생체리듬을 조절한다.

편두통

토요일 아침
편두통의 그대 깨어난다

해줄 수 있는 것은
고작 안아주기
아프지 말자 다짐해도
불현듯 다가와 피할 수 없는
산 것의 고통

찬밥 데워 참기름에 볶아
물 넣고 죽 끓인다
오첩 반찬으로 아침 챙긴 후

나란히 TV 앞에 앉아
김제동 〈톡투유〉 보다가
똥구멍에 털 났다

웃다가 울다가
엉엉 눈물보 터지니
아픈 그녀가 안아주네

울고 나니 참 시원하다

보고 싶은 사람
눈망울에 어룽어룽 고이는 아침
훌쩍훌쩍 지나가고 있다.

그녀 명치 언저리에 온 슬픔

그해 겨울 그녀
명치 언저리 아팠네

간간이 체기 느낄 때
토하고 나면 차라리
편안하다 부유浮游하던 나날들

무던히도 참아내던 통증
견디지 못해
밤새 새어나오는 신음

놀라 잠이 깬 새벽
화들짝 이불 걷고
이마 짚어보니
불덩이 더럭 겁이 나

허둥지둥 해열제 찾아 먹이고
찬 물수건 이마 얹고 나서
그제야 지친 그녀 다독이네

고열과 통증에도
응급실 제 발로 가서야
멈춰선 죽을 것 같던 시간들

CT, 초음파 검사실로
파김치 몸 끌고 간 벼랑끝
마침내 아내 눈물나게 한
담석 세 알

네가 제일 힘들었을
담낭의 아픈 세월
단단하게 쌓여 있었네.

붉게 물든 남천 단풍잎 보아요
— 퇴직

그녀의 방에 닿았어요

헤어지기 못내 서운해
달빛 바래주던
청춘 골목길 지나

아침 혼자 빈방에서
날 저물도록 그대 바라보기
19공탄 따뜻하던 사글셋방
순정 골목길도 지나

막내 업고 큰놈 손 꼭 잡고
기저귀 옷가방 챙겨들고 타던
태백행 초록 기찻길도 지나

눈물 한 방울 떨구며
헤어지던 주말부부 아득한데

단소 불며 위로하던 시간
훌쩍 지나가고

꿈결인 듯 아이들도
어느새 떠나가고

혼자 남아 돌보는
식물나라에 마침내 닿아

더는 이별하지 않는
퇴직하던 어느 날

예전에 미처 몰랐던
낯선 빈자리에 앉아
돋보기 쓰고
날마다 수놓고 있는
그녀의 꽃들 보아요

허전하던 아내 머물던 시간이
수놓여 촘촘하게 박혀 있는
붉게 물든 남천 단풍잎 보아요.

봄날 수술 한판 하러 가서

봄비가 오는 날
수술 한판 하러
그녀랑 손잡고 집 나선다

COVID-19 PCR 검사 통과해
숨 돌려 대학병원 울타리 너머
입원실 문턱 넘으니

그녀가 대롱대롱
주삿바늘에 매달린다

돌연변이 제 살을
뭉텅 도려내야 사는 병

마스크 쓴 채 자다 깨어
주사기에 매달려 있는
그대 측은히 바라보니

아침마다 만나던
정겨운 얼굴

마스크 아래 감춰진
낯선 편도체 수심 가득하다

잘라내는 아픔 견뎌야
살아나는 실낱 희망 하나 품고

수술실 아내 덜컥 남겨놓고
돌아온 병실에 놓인 아침 밥상
한술 뜨니 눈물이 흐른다

제 살 떼어내고
꿈결인 듯 안갯속 떠도는
날카로운 통증 어디쯤
허방에 던지는 겁먹은 눈동자
그녀 생각에

꾸역꾸역 숟가락 추스르다 말고
꺼이꺼이 숨죽여 토해낸다.

그이를 처음 만난 날

우연이었네
어린 시절 함께
놀아본 적, 스쳐지난 적도
마주친 적도 없는

그대
청춘이 되어 만난 것도
우연이었네

44억 년 전
계수나무 아래 토끼 방아 찧던 달이
다투고 떨어져 나간 지구 사랑인 것도

45억 년 전
지구가 태어난 것도
신으로 받들어 섬기던 해가
46억 년 전
먼지 가스 구름이 중력 붕괴의 수축으로
불덩이 태양 되었다는 것도
우연이었네

밤하늘 은빛 강 미리내가
점점 멀어져 가는
우리네 고향이란 것도

점점 멀어져 가는 것은
한때 가까이 모여 살았다는
무량한 은하들

147억 7천만 년 전
한순간 한 점 모여 살다가
찰나의 대폭발 있었다는 것도
우연이었네
인연이었네

그리 보면
태어나 그대를 만나는 일
헤어져 먼지로 돌아가는 것도
필연이고
자연이었네.

시간은 해와 달을 타고

빈 방에 들어서자
침묵이 똑딱똑딱
초침 소리로 출렁인다

형체가 없던 시간
째깍째깍 소리 닮았다고
순간 착각했다

해 지고 달이 뜨면
밀려오고 밀려가는 파도

소리는 공기를 타고 오고
파도는 물을 타고 오고

시간은 해와 달을 타고
오고 가는 걸까?

시간은 빛을 타고 온다며
별이 반짝이던 순간

우연히 동시에 바라보는
그대와 나 사이

사랑의 추상
억겁의 시간 흐르고

어느새 아이들 떠난
빈집에 둘만 남아

디지털 화면에 남은
과거의 추상 바라보는

아! 황홀한 노년.

영혼과 마음

애시당초*
영혼 없고
마음 있었네

한때
먹고살기 힘들어
영혼 있다 믿고 위로하던
일만 년 세월 지나고

폐결핵으로 까맣게 타들어가던
마른 몸 이불에 싸여
다리 밑에 버려졌다던
엄마와

방문 열자
코끝 훅 풍기는 지린내 구린내
이불에 누워 천장만 바라보며
죽는 날 기다리던 아부지
불쌍해

불공평한 세상 억울하다
죽은 뒤 세상 믿던
착하고 가난한 사람들
쓸쓸하게 헤어지고

육체와 분리되는
영혼 따위 없다고 공부한 후
몸께 함께 소멸하는
마음이 자리잡았네

뇌세포 저장된
엄마 아부지의 기억도
더 이상 꿈꾸지 않으리

가난해 죽었다던 원망도
돌보아드리지 못한 채
자대 복귀하던 이등병 죄책감도
그리움에 눈물 지새던 날들도
바람처럼 흩어져 갔으니

다시 만날 먼 훗날
기약할 수 없어도
마음에 담겨 있는 기억
잊히지 않네

그리하여
죽는 날까지
아프지 않게 몸 돌보며
맑은 정신 밝은 마음으로
남은 생 함께 살아가야

아들딸 슬프지 않고
행복한 엄마 아빠 기억하며
헤어지게 하리.

*애시당초 : 애당초의 비표준어.

2부

설조 스님 고뿔들다

조계사에서 18년 7월 17일
87세 설조 스님
단식하신다

생수병 하나, 손부채 하나로
33도 7월 여름을
27일째 앉아 있다
더위 드실까 틀어놓은
선풍기 바람에 고뿔드셨다

멸빈滅擯할 놈이 자승 자박인데
애꿎은 설조 스님 목숨줄 걸고 계시다.

봉산동 철다리 지나면

학교까지 절반은 온 셈이다
아직 그 절반 가로막은
만화방 스쳐야 하지만
가기 싫은 학교 가는 길목
가고 싶은 만화방 버티고 있다는 역설을
아홉 살은 유혹이라 이해하지 못했다

도화지 살 돈 없어
오늘도 일 원만 달라고 떼쓰며
울다 나선 등굣길이
내 불안의 첫걸음일지 모른다

기어코 미술시간에
도화지 못 챙겨 손바닥 맞았다
처음에는 잘못하면 벌받는 것
당연하다 여겼지만
나중엔 묵묵히 맞았다

맞고 나면 차라리 편안했다
창피했어도 같이 줄 서 맞던

몇몇 어깨동무들
쭈빗쭈빗 노루 같은 눈 마주쳤다

맞기 전 두려움과
맞는 순간 손바닥 통증을
일그러진 얼굴과 손바닥 호호
불어대며 허공에 뿌려대던 동무들
간간이 매맞는 자의 발작에
낄낄대던 다른 한편 있었다

기억났다
더 이상 기차 소리 들리지 않는
봉산동 철다리 아래 걸으며

매맞은 날이면
학교 후문을 빠져나와
철길 건너 골목길 따라 걷던
아득한, 허기진 사월을.

우산동
— 낡아가는 것들의 슬픔

골목길 따라 걸으면
꽃들이 화분에 줄지어 서서
방긋방긋 손님 맞는
행복세탁소 지나고

집밥 도시락은 CU라고
한 남자가 유리창에 철썩 붙어
씩 웃고 있는 동네 편의점 지나면

바닥에 '침 뱉지 마시오'
쓰여진 연립주택 현관 보인다

짐칸만 남은 경운기와
노인용 네발 바이크가
바람 빠진 리어카 하나 묶어놓고
대문 옆에 눌어붙은 오후

온갖 잡동사니 덮어쓴
담장 위에
곰팡이 쓴 헌옷들 걸치고 엎어진

낡은 의자를
물끄러미 올려보는 중

쓸 만한 물건 하나 없는데
늙은 주인장
버릴 게 하나 없는 세상이
골목길을 떠억
막고 서 있는 것이다.

소리 바다
—학성동 구 원주역

덜커덕덜커덕
멀리서 잦아들던 기차 소리
새벽 귀 기울여도 들리지 않는다

누군가에게
마음 졸이던 출발이
누군가에겐
안도의 도착을 알리던
역전驛前

늦은 밤
새우잠 청하던 길손도
오갈 데 없던 노숙자도
보이지 않는다

멀리서 마주 보던 붉은 홍등가
불 꺼진 지 오래
간간이 지키던 선술집
노랫소리 들리지 않는다

누군가에게
설렘이던 떠남이
누군가에겐
쫓겨가던 편도였을…

끝끝내 무사히 돌아와 행복했을…

잦아들던 기차 소리
더는 들리지 않는 놀이터에
신발주머니 덩그러니
밤새 마음 졸이고 있다.

명륜동 헤어스케치

— COVID-19 13월

이발소 장씨 아저씨
옆집 마실 가듯
남미로 이민 갔다

귓전에 흘려 허방 짚은 말들
한 달 후 찾아간
이발소 문 닫혀 있었지

연통에 쓱쓱 거품솔 문질러
찬 기운 덜어대던
텁텁한 장씨 아저씨 손길
그 후로 잊고 살았다

맘에 드는 이발소 순례
기웃거리듯 일 년 지나고
아파트 이사 온 후
백 미터쯤 골목으로 들어가
만난 헤어스케치

바리깡* 없어도 이발소 마냥

가위로 커트 수려하게 쳤다

반대쪽 팽팽하게 당기며
거품 아래 시퍼런 면도칼로
턱과 구레나룻 휘감는
섬찟함과 편안함 없어도

한 달에 한번
참새 방앗간 들러
수다 같이 떠는
미용실 낯익은 주인장

이름도 모른 채
훌쩍 20년 골목길 지나가며

오늘은 마스크 쓴 채
머리에 스케치 하는 날!

*Barriquand〈프〉 기계제조업자 성姓. 1950~70년 일본식 표기로 발음한 이발기.

2018 찌라시 노래

2월 오자, 찌라시들
동계 평창올림픽이
평양올림픽 되었다고 나발불더니
평화올림픽 성황리 끝나고

3월이 오자
황사 먼지 뿌연 하늘을
고등어, 경유차 탓 부추기며
국산차 화재는 쏙 빼고
BMW 불났다고 연일 대서특필하더니

5월이 성큼 와
삼성바이오로직스
4조 3천억 사기 회계 터지자
쥐 죽은 듯 입 다물고
일 잘하는 성남 시장 흠집 내려
강제 입원 직권남용만 짖어대더니

6월이 오자 한물간 여배우
참신한 정치인과 바람 피웠다고

연애질 전단지로 뿌려대며
장사 안 되는 것이
최저임금 알바비 탓이라
자영업자 다 죽는다 나발불더니

7, 8월 폭염 오자
찌라시 에어컨 펑펑 틀면서
서민들 전기세 폭탄 맞아 죽는다며
선동질로 탈원전정책 비난하더니

9월 오자,
청와대 업무추진비 부당하다고
불법으로 내려받은 자료
심 국개의원 연일 까발리며
달마다 조용한 날이 없어도

사월 구월 평화회담하니
국민들 살맛나는,
찌라시 없는 행복한 세상!

중앙시장

내과 처방전 받아들고
손약국 들러
장인어른 혈압약 한 달치 챙기고

중앙시장 장모님 반찬가게 들러
밑반찬 서너 개 산 후
가게 안이 썰렁한 맞은편 국밥집에서
아내랑 늦은 점심 한 끼 말아먹는다

자유시장 그릇가게 들러
스뎅* 냄비 하나 사고
문 닫은 지 오래된 원주호텔 입구
좌판 벌여 홍시 팔고 있는 구씨 털털한 말솜씨에

엄마 좋아한다며 만지면 툭 터질 것 같은
대봉 네 판 사 들고 아내 좋아라 돌아서는데

길옆 옹색한
양말, 혁대, 버섯, 푸성귀 좌판 사이로
코로나 2년째에도

먹고살아야 하는 시장통 사람들
마스크 위로 눈발 희끗희끗 날린다

바리바리 양손에 들고
농협 사거리 초록등 기다리는데
어디서 낯익은 반주 소리
고개 돌리니, 길 건너 교차로 앞
고무판 깔고 앉은 장애인
손에 든 마이크 눈에 밟힌다

친절주차장 향해
서둘러 길 총총 재촉하는데

물고기는 대가리부터
먹어야 제맛이라며
붕어빵 장수
따끈한 냄새 폴폴 날리고 있다.

* 스뎅 : 스테인리스Stainless의 1970년대 표현.

무실동 산 23번지 어디니?
— 코로나 2월

고막 친구 귀에 장착하고
마스크 재갈 문 채 길 나섰네

바람 없고 볕 좋은 겨울
무료한 몸 추스르며
아파트 담벼락 돌아가면
길 건너 무실동 산 23번지

터벅터벅 오르네
간간이 보이는 143번째 무연고 묘
개발에 떠밀린 영면의 땅
후손들 공원 된다는 이장 공고문 보이네

세월 앞에 장사 없는 100년 전 슬픔들
가랑잎처럼 파헤쳐져 흩어지네

첩첩산중이 신시가지로 얼굴 바꾸는
물이 많이 나던 골, 무리실

무장무장 흐드러지게 배꽃 피던
과수원 문득 보이지 않네.

신화 신권의 변증법

아주 오래 전
신의 사유재산 불을 훔친
프로메테우스는 도둑놈이었네

눈 질끈 감아도 되는데
하찮은 인간을 위하여
앞서 생각하는 자 프로메테우스여!

남의 것 훔쳐
아무에게나 던져주고
카즈베기 바위산 형벌받다니
내 비록 생고기 먹을지언정,

그리 보면 오래 전
이브는
사과과수원을 턴 도둑년이었네

태초부터 땅 위에 모든 것
내 것이라 우기던
힘센 놈들 신이라 섬기던

정령의 숲, 태양의 대지를
20만 년 두려움에 떠돌던
힘없고 가진 것 개뿔 없던
무지몽매한 크로마뇽인이여,

1789년 세월 더 흐른 뒤
불, 사과, 지구도
자연의 이치라 알게 된 후
신 같던 폭군 단두대에서 날렸어도

신들의 지적재산권
명품 유산 물려받은 자본가들
물귀신 돈귀신으로 살아남았네.

COVID-19 선달 풍문
— 한의사 고춧대 팔아먹기

봄날 한 판
장터에서 산 고추 모종

검정 비닐 씌운 밭고랑에
한 포기씩 심고 물 한 바가지 퍼준다

캡사이신 매운 풀, 고초
흰 별꽃 피고
잎도 뜯어 나물 무쳐 먹는
비타민A 듬뿍 담겨
고추 맛이 실한 놈
혼자 설 수 없어 지지대 세운다

코로나가 창궐하던 12월
늙은 한의사 고춧대 끓여 먹고
코로나 환자 나았다고
너튜브 광고한다

밑져야 본전 아님 말구
이구동성 고춧대 찾아

겨울 들판 헤매는데

한 해 동안 죽음에 시달린
집단무의식 민초들
지푸라기 잡는 심정
이해 할똥말똥하다.

강산에 '라구요'
— 강영걸의 노래

토요일 아내가 차려준
아침 누룽지 한 술 뜨다 말고
TV 힐끔 쳐다보니
평양 가서 강산에
〈라구요〉 노래 부른다

숟가락 입에 넣다 말고
'죽기 전에 꼭 한 번만이라도
가봤으면 좋겠구나'*
라구요 하며 목울대 높일 때
울컥 목이 메더니

노래가 끝난 후
아바이 오마니 생각에
그가 내내 누르고 있던
눈물 꺼억 꺽 터지자

와락 내 아부지 엄마 보고 싶고
몇 해 전 차가운 바다에서 숨진
생때같은 아들딸 보고 싶고

5·18 총검 든 군인에게
쓰러진 부모형제 보고 싶고

6·25 전쟁통에 죽고 헤어진
일가친척 천만 동포 생각에

숟가락 붙들고 찔끔찔끔
울고 있는 것이다.

*〈라구요〉 노래 중에서.

한진포구에서 반짝인다는 것은

한진포구에서
반짝인다는 것은
나 여기 높이 있어요 하는 몸짓

밤새 어둠 속
하얗게 수증기 내뿜는 굴뚝이며

멀리 서해대교
신호수처럼 2~3초 간격으로
일제히 적황색 빛 살포하는 교각들

높은 트러스트 주교각 두 개
서둘러 흰 빛 번갈아 번득인다

초점 없는 눈길 멀리 두어야
한눈에 볼 수 있다

가까이
포구에 묶인 배들
나 여기 있어요

짧고 붉은 모르스 타전한다

무사히 아침이 오고 있는 걸까?

어렴풋 짐작하는
발광 없는 거룻배 서넛
숨죽여 낮게 엎드린 채
새벽을 흔들고 있다

잠들지 못한 바다
밤새
어둠 응시하고 있다.

우리 집 식구는 되고 남의 집 식구는 안 되나요?

자본주의는 야바위Shell 게임이라
그녀*가 말했어요

한때 고기가 떼로 다니는 길목
그물쳐 돈 많이 벌었어요
지금은 명태
씨가 말랐어요

돈이 흐르는 길목에 노점 열어
은행 떼돈 왕창 벌고 있어요
은행이 전당포로 시작한 것 아시죠?

강원랜드 가서 그대 대박나면
주변 쪽박 찬 사람들 피눈물나요

누군가 주가 조작하면
청년 중년 개미들 거덜나요?

사는 게 그렇고 그렇다고
함부로 말하지 마세요

자본주의는 빈 의자 게임
경제전문가 말들 해요

신용은 빚이라고
경제 전문가 데려다
잘나가는 대기업 경제발전 대박난다며
저금리 외국돈 빚내어 들여와
문어발사업 확장시키던
전두환 노태우 김영삼
고까짓 환율 방어 무시하다
돈줄 경색 연쇄부도
IMF 겪어보고도

대박 대박 하지 마세요
자유 자유 하지 마세요

신분시대 노예제도
벗어났다고 자유인가요?

귀족들 임금 대신 자유 주고

쾌재를 불렀다는 후일담 들었나요?

가진 것 쥐뿔 없어도
돈 줄 쥔 부자 말 잘 들으면
빌어먹어도 자유인가요?

시가 별거인가요?
화려한 미사여구 없어도
말이 귀에 쏙쏙 들어오게

사는 게 정치라고
밥 벌어먹는 것이 정치라고
배고플 때 먹는 정량ration의 밥
밥상 둘러앉아
먹을 만큼 밥 퍼담는
식구

서양의 패밀리family 아닌
우리 집 식구 같은
대한민국 식구 될 수 없나요?

가난한 노동자도 먹고사는
사는 게 정치라고

시가 별거인가요?
수려하게 글 쓰는 이만
시를 써야 하나요?

*그녀 : 엘렌 브라운, 공공은행연구소Public Banking Institute의 CEO이자 변호사.
*패밀리 : 가축, 창고, 우사, 여자 등의 재산과 친척 등을 포함한 한집에 사는 모든 사람들.

정월의 바다

네 앞에 서면 물비린내 난다

서걱이는 모래 밟으며
희디흰 해변의 목줄 따라 거닐면

처얼썩 쏴아 ~ 처얼썩
날마다 얻어맞는 따귀여

선생님들 사표 냈다는데
내기가 어려워도 수리는 쉬운 세상

게거품 무는 해변에 서서
더 절망하여 느끼는 갈증

피 같은 양심과 정승 같은 실정법 사이를
헤매다 결국,
속초에서 징계 출두 전화를 받는다

네 앞에 서면 느을 소금내가 난다
먼바다는 잔잔하고 무심해 보이는데

다가갈수록 삼켜버릴 것 같은 파도여!

네 앞에 서면 나는 길들인 즘생
살다보면 더러 사표도 낼 만한 세상

달밤에 개 짖는 소리 무성한 양심을
파도에 모래 글씨 지우듯 쓸어나버렸으면

바다여!
너를 보러 달려옴은
우리네 뭍사람들의 부끄러운 고백

네 앞에 서면
한 점 섬이 된다

끝없이 너를 향한 동경
힘없는 내 양심을
다독이는 파도여!

* 배경 : 1991년 원주, 춘천 고교 입시 부활 반대 시위.

봉산미 오르는 길

줄기 꺾어
가운데 심 뽑아 놀던
국수나무 흰 꽃 피었네

아홉 살 오르던 봉산미
눈짐작으로 오르다가
막다른 길
그 옛날 석조보살입상 만나고

돌아나와 오르는
산동네 정겹던 골목길
발길 끊긴 슬레이트 지붕 만나고

한 뼘 옹기종기 꽃 피는 공터
모퉁이 파꽃 만나고

막다른 골목 끝
대문 앞 화분에 터 잡은
눈부신 작약 만나고

지팡이 짚고
햇살 마중 나온 할머니 만나고

발길 끊긴 지 오래된
브로꾸* 교회 왼편으로
골목길 한참 오르던 끝
네 갈래 산길 만나네

320m 봉산미 오르는 길
사슴벌레 잡아 놀던
키 큰 굴참, 상수리나무 만나고

가지 끝에 타원형 다섯 잎 매달고
반기는 꽃 진 산철쭉 만나네

정상에 올라
봉산뫼 표지석 만나고
가재 잡으러 가던
번제, 화시리 가는 길 뒤로 하고

초등학교 하산길 들어서니
멀리 봉천 건너 풍경 가로막고 선
미운 배말아파트 만나고

쌍다리 건너 방송국 뒤편
재개발로 파헤친 남산 만나네

선로 걷힌 빈 기찻길
철다리 따라 건너가는 눈길

아련한 세월
먼 길 돌아와 만나는
유년의 아득한 기억

하굣길
봉산미 묘둥지* 들러
난생 처음 뒹굴며 싸웠던 아홉 살
어깨동무 문득 생각나네.

*브로꾸 : 블록block 벽돌의 1950~70년대 일본식 표현.
*묘둥지 : 봉분의 강원도 사투리.

3부

사월 햇살 한 자락 얻어

햇살 한 자락이
창문을 타고 들어와

귀찮은 일 마다않던
행주 맑게 헹구어

빛 좋은 창틀에
햇살 한 자락 얻어 말린다

수고한 짐 덜어내니
참 편안하다

행주, 너도 햇살에
뽀송하게 마르거라.

먹고살기

오늘 아침 식사는
간단히 아메바 먹었습니다

아직 근육, 신경 맛보다
조직tissue 맛이 더 좋아

자포동물 히드라, 해파리
균류 목이버섯을
물컹물컹 씹었습니다

어제 아들은 점심에
바이러스를 포식하고
배탈이 났습니다

원시세포가 근육을 먹자고 덤벼
큰코다쳤습니다

목구멍이 찢어지는 고통과
근육통에 시달리며
죽지 않을 만큼 4박 5일

식은땀 흘리며 앓았습니다

내일 저녁은
씹는 맛과 흙내 나는
풀들을 먹을 겁니다

아직 나무의 수피
섬유 맛은 잘 모르겠습니다.

개미들의 행진
— 허기 시간을 걷는다

개미 줄지어
나무를 걷는다

아침부터 점심까지
끌고 온 시간들이
배고프다

끼니마다 입으로
시간을 떠넣고는

알맞은 저녁 먹거리
위하여 다시 걷는다

터벅터벅 타박타박

개미 줄지어
나무에서 걸어 내려온다

중력에 저항하는
근육이 몸 곧추세우려

허기 부른다

무심히 걷던
콘크리트 끝나고
불쑥 만난 흙길

개미들 눈에 밟혀
땅만 보고 걷는다.

전자 영수증

딩동!
'아오리의 행방불명'에서
2만 3천 원이 청구되었음

아오리가 왜 행불일까 하고
생각해보니

선거가 끝나고
아내는 승리의 기쁨을
동지인 딸과 자축하며
라멘을 젓가락으로
들어올렸지

딩동!
소리 기억하지 못한 채
이따금
철 지난 전자 영수증
결제하듯 들여다보곤
저녁에 가서야
아오리의 행방불명이 뭠미*?

하고
뒤늦은 질문하고 나서야

아내가 점심으로
일본 라면을 먹은 것을
겁없이 확인하는 중이다.

* 뭡미 : 무엇이냐 축약형 신조어.

일산동 기독병원 응급실 풍경

혈관이 바늘을
튕겨내려는 바로 그 순간
그녀의 손은 감각적이고 단호하다

혈관이 뚫리자
주사기로 솟구치는
피 소용돌이친다

걱정하던 눈길
찰나에 사라지고
손에 익은 튜브 카테터catheter
연결해 빠르게 수액이 매달린다

바늘에 꽂힌
그녀의 팔이 불안 불안하다
심정지 환자 발생한
살얼음판 응급실 복도 한 켠

돌보아줄 차례
늘어지는 시간들

39°에도 목숨을
아내가 잘 견뎌주고 있다.

우산동 우무개

상수리나무 기대어
살던 우산동 있어요

논밭 앞뜰 보며
산자락에 자리잡은 사람들

4월 오면
손톱만 한 잎 내밀고

6월에야 청록 잎으로
숲을 가려
새들 불러 모으던

무더위 칠팔월 온몸으로
햇살 막아내던 상수리나무
야트마한* 뒷산에
아이들 뛰놀던 소리 무성하던 곳

10월이면
후둑후둑 떨어진 도토리

소쿠리에 주워 담아
말랑말랑 묵 쑤어내던
우무개 아낙들
분주한 가을 햇살 거기 있어요.

*야트마한 : '야트막한'의 원주 사투리.

어금니

어금니 하나
몸뚱아리* 끌고
치과에 갔다

고깟 통증 하나에
멀쩡한 이조차
먹기 거부하던 사나흘

방사선 듬뿍 받고
드러난 치열 구조 앞에

금이 갔다며
마취 주사 여기저기 찌르자
얼굴 반쪽 순간 떨어져 나갔다

그라인더 소음 진동에
뼈 타는 맛
덤으로 매캐한 내음

깍지 낀 손마디

불끈 힘준지 모른 채

불안한 찰나의 호흡
불쾌한 퇴적물 꺼억 꺽 맛본
십여 분 훌쩍 지나자

이성은 간 곳 없고
감정만 너덜너덜하다.

*몸뚱아리 : 몸뚱이'를 속되게 이르는 사투리.

성냥공장 소녀 파업Match Girls' Strike

폭력에 길들어가던 훈련소 시절
본 적도 들은 적도 없는
인천 성냥공장 아가씨 성폭력 노래를
고단한 훈련 중 5분간 휴식
군바리 군가라고 배웠지

전역하며 길들여진 군대문화 반납했어도
기억 지울 수 없네

1888년 영국 성냥공장 어린 소녀들
아래턱 썩어 흉측한 얼굴로 죽어가며
유독성 성냥 백린 만들다가
살인마 사장들과 맞서 목숨 걸고 파업했다고
환갑 훨씬 지나 알고 나니

아, 부끄러워
인천 성냥공장 누이야
미안하구나, 성냥공장 다녀
오빠 동생 학비, 땟거리 보태어
식구들 굶지 않고 살았는데

군바리 되었다고 개차반 군가 불러대고

너희들 고단한 노동 위로 못하고
워커* 발에 쪼인트* 까인
군바리 시절 힘들었다고
예비군복 입고도 아무 데나 주저앉던
꼴불견 청춘
미안하구나 부끄러워,
늦은 나이에 참회의 글 쓰나니

인천 성냥공장 누이야
용서해다오 나의 기억을,
폭력에 저항하지 못하고
노래 불러젖혔던
비겁하고 비굴한 군바리 과거를
용서해다오!

* 워커walker : 군화.
* 쪼인트jointer : 정강이shin의 틀린 말.

너 자신을 몰라?
— 한병철과 마빈 민스키가 만날 때

사물과 그림 구별하는 것을
눈으로 보고 배웠네

기억과 사실 구분하는 것은
귀로 듣고 배웠네

학교에서 글자를 배우기 전

옥수수밥 매일 먹으면
질린다는 것도
매일 밤새 놀면 지쳐 하품하다
병난다는 것도

어린 시절 스스로 배웠네

즐거움도 무한 반복이면
'지루함은
몸을 건강하게 하는 방어기제'

기쁜 마음의 오류는 중독이었네

나를 더 완벽하게 아는 것이
지금보다 더 좋은 강력한 자아를
가질 거라 여겼지만

나를 더 알면 알수록
스스로 타락하게 부추기는 일

기쁨을 위하여

주사기나 술잔을 드는
'같은 것의 과다'*는 중독
좋은 게 좋은 '긍정성의 과잉'*은
경색이었네

나약한 마음을 위하여
너무
자신을 많이 알려 하지 말게.

* 지루함은 몸을 건강하게 하는 방어기제 : 마빈 민스키 인용(『마음의 사회』).
* 같은 것의 과다, 긍정성의 과잉 : 한병철 인용(『피로 사회』).

세면기에 머리 감다가

머리 감겨주겠다며
두 손 말없이 나서자
고맙다 고개 숙이고
가슴 따라 숙였는데

받쳐주던 허리 돌연 뜨끔하다

며칠 안 씻어도
만날 그대 없건만
그놈 습관 버리지 못해

근질근질하다 떼쓰는 머리
감겨 세수까지 시킨다고
나서 거들던 팔다리가

허리 침대로 끵끵 끌고 가
옆에 따라 눕는다

그리 보면
얼굴만 챙기던 몸뚱아리

중추中樞 덕이었음에

머리 어깨 무릎 팔에
허리 하나 보탠다.

웃픈* 날 정월 열여드레

오늘은 웃픈 날
아침에 눈 치우고 나니
오후에 또 눈 오는 날

썩은 검찰 수술하겠다는
조국 청문회 하던 날

딸아이 여고시절 받은
봉사 표창장 사문서 위조라며
조사 없이 기소 당한
엄마가 4년 선고 받은 날

며칠 지났다고

4년 전
86억 8천만 원 뇌물준 이씨가
정 판사 잘 만나
달랑 2년 6개월 선고받은 날

기 막히고 코 막히게

흰 눈 펑펑 오는 웃픈 날

기울어진 눈앞 천칭저울을
수평이라 우기는
법공무원들 보고
정의의 여신
그리스 '디케'도 웃픈 날

* 웃픈 : 웃고 있지만 슬픈(신조어).

생각나라 생각놀이
— 의식의 흐름

생각이 흘러가네

시냇물도 흘러가네
물고랑 폭만큼 모여 쉼 없이
찰랑찰랑 아래로 흘러가네

뒤쫓아오는 물이
앞서가는 물 밀어내네

생각의 시냇물도
기억의 폭만큼 흘러가네
가둘 수 없는 것은
평등하게 흘러가야 하리

눈앞 다섯 개의 단어가
앞서간 다섯 개의 어휘를 밀어내네

현재의 생각이
방금 전 생각을 바꾸라 하네

기억하려 애쓸 때마다
모습을 바꾸는
순간의 단어 그려내기
밤하늘 별따기지만

골똘하게 거듭 생각하기
기억해야 살아남는 생각놀이

흘러가는 무지개 일곱* 색깔
생각 붙잡으려
가던 길 멈추고 서성이네.

*단기기억 : 7개 단어 15~30초 내.
*작업기억 : 가공 정보 3~5개 단어.

수도꼭지 틀다가

수도꼭지 틀자
라디오가 흘러나왔다

흘러나온 라디오가
늙은 노래를 부르자

눈이 내렸다
듬성듬성
밤을 잃은 그대가
서성거리던 초특가 아파트 옥상에
개발새발
투기 별들 흘러내린다

흘러내린 별 볼 일 없던
순사들 칼 대신
압수수색 휘두르며
TV 박차고 나온다
대한독립 만세!

순사들 휘두른 압수수색에

양민들 쓰러지며
대한사람 길이 보전하라고
112에 구조 신고
허겁지겁 외치고 있다

여보세요?
이름 없고 얼굴 없는
젊은 영혼들
살려달라 울부짖고 있어요
여보세요?

개운동 원가네 옹심이 칼국수

찬바람 솔솔 불면
동네 맛집
'원가네 막국수'에서 만나세

애호박 홍당무 썰어넣고
깨보생이* 듬뿍 뿌려 고소한
걸쭉한 국물 담은
옹심이 칼국수
한 젓가락 입에 물고
어, 맛있는데 말 나오면

간간한 거니 물 조금 타고
백김치 조금만 먹게

면발 얼추 후루룩 먹다가
이따금 숟가락으로
고소한 국물도 떠먹으며
감자옹심이 한입 물으면
행복이 쫄깃쫄깃할 걸세

앉은뱅이 식탁
두런두런 모여앉아
맛나게 먹을 무릎 힘 있다면

언제 한번 함께
맛있는
옹심이 칼국수 먹으러 가세.

*깨보생이 : '깨고물'의 원주 사투리.

아내의 부엌

방 한 귀퉁이 차지해
웅크리고 있던 밥상
문득 보이지 않는다

다닥다닥 붙어 앉아
도란도란 밥 푸던
모습 사라지고

더 큰 밥상 장만할 만큼
밥벌이 만만해졌을 때

집안으로 불쑥 들어온 부엌
주방으로 이름 바꾼 후
덩달아 밥상도 식탁으로
정색하며 한자리 차지하더니

네 식구 마주 앉아
숟가락 젓가락 달그락대던 소리
더는 들리지 않는 식탁에
그녀가 점심 차려낸다

노르웨이 어부들 힘써 잡은
가시 발린 진공포장 고등어
전기통에 넣어 구이 만들고

길러본 적 없는
파 고춧가루 듬뿍 넣고
시원한 콩나물국 끓이고

프라이팬에 구워 양념장 얹어
두부조림 졸여내고
엊그제 볶은 감자,
어묵 따뜻하게 데우고
빠지면 섭섭한 김치 종종 썰어

맛난 한 끼 뚝딱 차려 먹다가
상처 밴드 감싼 그녀의 엄지
그제야 눈에 밟히니

마늘 강판에 갈다가
다쳤다며 괜찮다 하네

먹어야 몸 움직이고
한나절 생을 끌고
저녁까지 닿을 수 있으리

고마운 아내에게
미안한 마음 담아
고작 할 줄 아는 설거지로
깔끔하게 씻고 있는 중일세.

4부

4월에 온 치악산 눈 소식

볕 잘 드는 둔덕에
꽃다지 노란 구름 깔렸다

한걸음이면 닿을 듯
건너편 치악산
하얀 눈 덮어쓴 채
겨울 막아선 모습 결연하다

고기압과 저기압 사이
제트기류 간밤 지나가자
가던 길 멈추어 선 겨울
높은 산 머물다 섭섭해
눈 흩뿌리고 갔다

여기는 봄꽃 세상
저기는 눈꽃 세상
생경한 4월 초입 지나간다.

사월과 오월 사이
—남과 북

사월
꽃다지가 노랗게 피고 지면
같은 둔덕 터 잡고 사는
냉이꽃 하얗게 피어날 때쯤
곱디고운 연둣빛 사월 지나가고

오월
꽃마리가 자잘한 하늘색 얼굴 내밀면
애기똥풀 반갑다고 노란 손 흔들고
씀바귀 하얗게 풀밭에 모여 앉았네

함께 서로 제 몫만큼
같은 터 흙 밟고 서서
줄지어 기다린 봄

먼저 온 순서대로
꽃은 피고 지고
봄날은 가고.

가을 영원사* 가는 길 1

금대야영장 가로질러
환하게 속 보이는 나무 담장
기웃기웃 지나가면

오른쪽으로 구붓한 길섶 왼편
큰 소나무 올라보겠냐며
등 내어주고 있지

지난 여름 지루한 장마로
드러난 자잘한 돌멩이 밟으며
한솥밥 먹는 그대와
가을 영원사 가는 길

섬강 봉천 상류 따라
타박타박 걷는 중일세

햇살 비껴간 숲길 서늘한데
바람 일자 우수수 길 덮는 마른 잎
나를 밟고 가시라고
바스락바스락 내게 말 붙이네

올 한 해 오른 바윗길
까마득한 천 길 벼랑이라던
담쟁이 만나고

간밤 서리에 고개 숙인
꽃 진 구절초 만나네

밤나무 아래
양 볼 가득 밤 주워 담은 다람쥐
눈 말똥말똥 뜨고 서서
먼 길 가느냐고 묻는 중일세

평탄한 길 섭섭할 때쯤
다섯째 다리 건너 마주친
강파른 오르막 힘겹게 오르니

이제 막 불붙은 단풍나무 아래
앞서 걷던 그대 멈춰 서서
가을 듬뿍 담고 있네

이제부터 시작인 게야
한 걸음 한 걸음
발아래 물소리 잦아드는 오르막
거친 숨 몰아쉬며
영원사 이정표 바위 눈 맞추고

여섯째 다리 건너
또 한고비 가파른 숲길 오르는데
지척이라던 영원사 보이지 않고

지난 삼월
꿀향 멀리 풍기던 생강나무
먼 길 오느라 애썼다며
노란 저고리 갈아입고
마중 나와 섰네.

* 영원사 : 원주시 판부면 치악산 남쪽 끝자락에 소재, 신라 문무왕 16년(676)에 의상대사가 영원산성의 수호 사찰로 영원사永遠寺로 창건했으나, 조선 1664년 중건 영원사鴒願寺로 바뀌어 이후, 폐사되었으나 1964년에 주지 김병준이 중수하여 오늘에 이르고 있다. 강원도 유형문화재로 지정된 영원사 비로자나불후불탱화와 영원사 감로탱화는 현재 월정사 성보박물관에 보관되어 있으며, 절의 동쪽 산 위에 10리에 걸쳐 영원산성의 남아 있고, 인근의 해미산성과 함께 임진왜란 때 왜병을 맞아 항전하던 전적지가 있다.

가을 영원사 가는 길 2
— 45억 년의 진화

어머니, 무서워요

밖으로 나가려면
소리 나는 쪽으로
가야 하나요?

기억할 수도
볼 수도 없는
감각의 길 흘러가요

삼신할매 손에 볼기 맞고
깜짝 놀라 울었던
기억나지 않아요

누워서 보는 흐릿한 하늘길
날마다 또렷해지더니
어머니 둥둥 떠다녀요

순간순간 어머니에게 닿는
길 끊겼다가 이어져요

까꿍 소리 나면
어머니 마법처럼 나타나는
놀라워라,
소리로 오는 어머니 길

우연인가요?
처음으로 와
영원으로 가는
길 나서야 할 찰나인가요?

가을 영원사 가는 길 3

그대에게 가는 길이네

햇살 비추는 숲속 아침
낙엽이 우수수 잊으라고
길 지우는 산길
한 발 한 발 오르는 중

영원으로 가는 길
그대와 내내 걷고 있었네

풍경 너머
낮달 지나가는 하늘길
새들은 어디쯤 날고 있을까?

봄 오면 북녘으로
가을 오면 남녘으로
먼 길 떠나는 기러기

그대에게 가는
아득한 길 알고 있을까?

가던 길 끝자락 한 올
바람에 영원사 닿거든

이웃해 등 대고 자란
큰 느티나무에게
안부 전해주게

산등성 영원산성에도
그대에게 가는 바람
가을 내내 길 나서고 있다고.

술래잡기
— 백운산 휴양림 걸으며

숲길은
가까이 다가가서야
보이는 만큼 눈길 내어주지

지나온 길 돌아보아도
여전히 길을 닫는 풍경들

바위도 나무도 수풀도
오고 가는 길 감추는 놀이

물소리도 아득해질 무렵
가슴팍 노란 새
종종걸음으로 잡힐 듯 앞서더니

둥지 벗어나 한시름 덜었던지
숲속으로 폴짝
길 비켜서는 술래잡기 놀이.

까마귀가

오늘 아침
까마귀가 목련나무 흔들고 갔네

까칠한 직박구리 앞서 다녀갔고
부지런한 박새도 일찍 들러갔네

며칠 전 내린 가을비로
가랑잎 절반쯤 떨군 목련이
까마귀 무게 견디느라
후둘후둘 버티고 난 자리

찬찬히 보니
흔들렸던 목련 보이지 않고
바둥바둥 딛고 우기며
영역 표시하던 까마귀

밀어내며 부르르 떨었던
목련나무 힘겨운 몸짓이었네.

기억해보니 Loon 씨가
목련나무를 자기 비행기라 우기고 있었네.

7월에 오는 평화
— 양안치 둘레길

7월은
산초나무
연두꽃 피는 계절

하얀 나비 한 쌍
춤추며 숲길 들어선다

간밤 홀로 불 밝혀 지샌
달맞이 꽃눈을 닫고
곤히 잠드는 새벽

이제 막 잠이 깬
어린 금마타리
나뭇잎 사이 부챗살처럼
퍼지는 햇살
숲은 고요하고 적막하다

길 밖 숲속에는
이름 모를 생명들 빼곡해
발 들일 수 없다

제 크기만큼
자리하고 있는 평화의 땅
소작료 임대료도 없이

봄 여름 가을 겨울
살아 있는 몫만큼
저마다 살아가게 하는
풀 나무 초록 세상

제 몸만큼 떨어져 지내는
땅 밖 세상이어도
살갑게 뿌리 서로 닿으며
이웃이 되는 땅속 세상

흙집 초록 세상에 가면
살고 죽는 것 모두 평화롭다.

천문산

아내랑 손잡고 장가계 갔다
천하제일경 소문만 듣고
칭하이 거쳐
장자제에 도착하니

후끈한 날씨 맛보고 나서야
이곳이 제주도보다
위도가 낮은 것을 체득한다

비싼 입장료 내고
땀 흘려 걷는 극기훈련
14억 인파 헤집고 나서야
허공에 선 원가계, 황석채 보고
찰칵찰칵 채집 마치면

허겁지겁 돌아서는
무릉도원 뒤로
귀때기 터지도록 우는 남방 매미와
고성방가 안내인 확성기 소리에
급한 볼일 있는 듯

서둘러 발길 돌리는 패키지여행

선택 관광에서 빠진 오후 한나절
담배 연기 자욱한 기사 휴게실 피해
문 앞 그늘에서 삐질삐질 땀 흘리며
34도의 혹서를 견디기도 했지만

케이블카 타고 오르는
까마득한 천문산 절벽
출렁이는 허공에 목숨줄 매달고
머리칼 주뼛 서는 두려움에
돌연 치솟던 소름으로
더위 잊은 하오 하산길

안개가 순식간에 하늘문 거두자
소나기 세차게 때리며
남은 더위마저 흠뻑 씻어갔네.

명륜동 용화산 아침 산책
— 중앙공원

산자락에 드니 까치가 텃세한다
철쭉 울긋불긋한 중앙공원 지나면
용화산 어귀

벚나무숲 지나 걸음 옮길 때마다
오솔길 저만치 앞서간다
애기똥풀 따라나선다

산비탈 오르다 가쁜 숨 몰아쉬며
올라온 길 뒤돌아본다

계단이 길을 막아 올려다보니
하늘 찌르는 상수리나무 내려다본다

턱에 찬 숨 고르며 능선 끝 바라보다
한걸음 또 내딛자 팽팽해지는 종아리

땀 흘려 능선 오르니
달려온 바람이 안부 묻는다

떡갈 신갈나무 아래
수꽃들이 솜틀집 먼지처럼
수북하다

딱따구리 나무 북치는 소리
또로로로 울리는데
가지들 사이로 햇살이 길을 밝힌다

능선 따라 시름놓고 걸으니
바람도 길을 내어준다
한 비탈 또 오르면 눈앞이 정상이다

가쁜 숨 몰아쉬며 정상에 다다르니
산 아래 마을들 벌써
내려오라고 손짓 발짓이다

근심도 한 짐 내려놓고
내려가는 길이 가뿐하다

내리막길 먼발치 아래

사라지는 길도 아득하다

두고 온 식구들 생각에
마음 한구석 섭섭한데
한발 내딛는 발길에
무릎 전해오는 몸이 천근이다

산에 오르면 묵언수행이다
부처님 오신 날인지 모르는
초등학교 앞 신호등이
빨간 깃발 들고
인적 없는 이른 아침
횡단보도를 막아선다

두리번대며 길 건너는데
'위험하오니 물러나세요'라는 경고 방송에
뒤통수가 화들짝 섬찟하다

아파트 담벼락 아래
엄마 언제 오냐고

소리치는 아이 뿌리치고
전화기와 씨름하며
내빼는 야속한 엄마

이른 아침 길바닥 주저앉아
여자아이 엉엉 목놓아 운다

야속한 엄마 끝내 사라지고
훌쩍 눈물 한 소매 훔친다.

배초향

지난 늦가을
성남리 들꽃이야기* 가서
주인장에게 말도 안 하고
꽃 진 자리 몇 개 훑어왔다

겨우내 찬 베란다에다
봉투에 담아 겨울잠 재우고

따뜻한 봄날
이름도 모른 채 꽃씨 심었다

판부농협 들러 모종판 상토 사다
씨앗 몇 개 뿌리고
씨앗 크기만큼 흙이불
베란다 햇살 한 웅큼 덮어주었다

분무기로 가는 비 뿌려주고
매일 들여다본 이 주 지나서야
보일락 말락 빼꼼 내민 쌍떡잎
오월 지나도 손가락만 하더니

화분갈이하고
칠팔월 창밖에 내어놓은 후
햇살과 바람에 쑥쑥
오십 센티미터 자랐다

네모난 줄기에 꽃대 올려
연자주 꽃차례 총총 피우고 나니
배초향 이름 이제야 불러준다

온몸에서 향기 솔솔 나
다른 풀내 밀어낸다던
배초향,
바로 너였구나
흐뭇해 바라보는데

나비 한 마리 문득 날아와
꽃잎에 앉는다.

*들꽃이야기 : 원주시 성남리, 한국의 100대 정원으로 인정받는 야생화 카페.

젖은 바람이 물컥 불어온다

바람 소리에
소스라치게 놀란
가랑잎들이

찌르레기 떼처럼
허공 날아올라
바닥으로 곤두박질치면서
우르르 몰려다닌다

맘대로 하세요 맘대로

건물과 건물 사이
발갛게 물든 단풍나무 곁으로
바람이 물결치며
길을 낸다

떨어지지 않으려
몸을 눕혀
쏴아아 쏴아 바람길 내어주는
단풍잎 소리 들으며

건물로 막 들어서려는
순간
후드득!
떨어지는 빗줄기

순식간瞬息間에
후르르!
단풍나무 불붙고 있다.

들녘에는 두런두런

오매 철 들었네

숲속 생강나무 꿀향기
멀리서 코끝 스치면
노란 봄들 남은 추위에
종종걸음치는
삼월 초입

땅속 것들 일제히 새싹 길러내
채마밭 울타리 산수유
노란 손 보아달라 눈짓하면
담벼락 햇살이 따뜻한
삼월 중순

꽃다지 노랗게 들판 수놓고
봄맞이꽃 고개 들어
뒷산 수수꽃다리 마중갈 무렵

둥굴레 하얀 꽃등 밝혀들고
씀바귀 노란 부챗살 펼쳐들면

사월 산벚꽃 떨구며
오월이 건너오고

꾹 꾹 꾸구 뒷산에서
잠결인 듯 들려오면
초록 함성 물밀듯 달려와

개망초 목울대를 쑤욱 내밀어
소꿉놀이 계란꽃 피우는
6월이 오면

산수유는 제법
알이 굵은 열매를 푸르게 매달고
뽕나무는 오디를 후드득
바닥에 떨구고 있었네.

입동 지난 남대봉*

입동 지나
산 아래 안개
더는 피어오르지 않네

해 뜨기 전
창이 하늘 한 모퉁이 품은
이층 베란다로
남대봉 내어주고 있지

남대봉 뒤편 환해지면
밤새 안개 끌고
기어올라온 해가
숨 헐떡이며 상원사
바로 뒤편 다다른 게야

그때쯤 후끈 달아오른 산안개
남대봉 허리춤 감싸안고
슬그머니 모습 감추는 중
오리무중이니
찾으려 하지 말게

자세히 오래 보아야
어렴풋 눈치라도 채네.

* 남대봉 : 치악산 주능선의 남쪽 끝자락, 상원사 뒷산의 1,182m 준봉.

길을 걸었네

잘 있거라, 은빛 강 물결들아!

이삿짐 싣고 달리던 늙은 트럭이
먼지 일으키며 달리던 삼마치고개
헐떡이며 두어 시간 끌고 온 후
도롯가 변두리 하꼬방* 778번지
멈추어 서선

싣고 온 남루한 세간살이 부려놓곤
가벼워진 채 66년 고향으로 돌아갔네

다 왔다
고향을 등진 후 도착한 우루크*
배고프지 않은 무릉도원에 다다른 후

매일 들르던 국숫집 널어놓은 국수가락은
바라만 보아도 넉넉한 브라만의 특식 세상
바닥에 떨어진 것 주워먹거나
서너 가락 얻어먹을 수 있어도
살아갈 수 있다는 서성거림

큰집 만형 자전거 따라 달려온 백 리 길
꼬리 흔들던 뒤늦은 상봉에도
낯선 풍경에 머뭇거리던 도꾸*
셋방살이 집에 얹혀 며칠
눈치보다 가출해버렸네

그날 이후 일곱 살 세상
봉산동 학교까지 놀이터 뒷산까지
자갈밭 봉천까지
걷는 대로 길이 되었네

살아갈 영역 눈에 담으려
집 나간 도꾸처럼
날 저물도록 길을 걸었네.

*하꼬방 : 판잣집의 일본식 명칭.
*우루크 : 기원전 4000년경 수메르 문명 농경 도시국가.
*도꾸 : 1960년대 개dog의 일본식 명칭.

■ 발문

김기호 시의 예술성과 가치 및 인류사적 의의

박민수/ 시인, 서울대 문학박사, 전 춘천교육대학교 총장

필자는 젊은 시절 원주 진광고등학교에서 시 전공 문학 교사로 잠시 재직했습니다. 그때 학생이었던 김기호 군이 멀리 원주에서 필자가 살아가고 있는 춘천의 우가를 오랜만에 방문하여 필자에게 60편의 시를 내밀며 서평을 청해 왔습니다.

반갑고 기쁜 마음에 기꺼이 시를 세세히 읽었습니다. 놀랍게도 여러 시 작품들이 일정 수준 위에서 독특한 개성적 차별성과 지적, 정서적 공감 정도가 남다른 수용력을 내포하고 있었습니다. 그리하여 필자는 제자의 요청에 응답하여 이 평문을 집필하게 되었습니다.

이 원고는 시인이 집필한 60편에 이르는 여러 시들 중 3편을 선정하여 독자들과 함께 작품의 독특한 예술성과 특별한 공감의 여러 가지 양상을 분석적으로 살펴보고자 하며 이를 발문의 말씀으로 드립니다.

1

인류가 역사적으로 창안해 사용하고 있는 '시詩, poem'는 문자 언어를 사용하여 만든 특별한 음악적 가락과 창의적 메시지를 가지고 독자들의 감성과 지성과 정서를 동시에 충동적으로 활성화함으로써, 시를 읽는 모든 이가 더 가치 있고 아름다운 감성적 지혜의 삶, 축복의 삶, 인간다움의 삶을 성취하도록 이끄는 예술 장르의 하나입니다.

인류가 역사적으로 널리 계발하여 사용해 온 '음악音樂, music'은 감성을 자극하여 마음의 정서적 기쁨을 누리게 하는 예술 장르이고, '미술美術, art'은 특별한 형상의 그림을 통해 기쁨을 누리게 하는 시각적 예술 장르입니다. 반면 '시'란 인간이 널리 사용하고 있는 언어를 음악적 가락으로 활용하여 마음으로 비롯되는 감성과 지성을 역동적으로 활성화하고, 동시에 특별한 사고 체계가 만드는 즐겁고 기쁜 정서적 공감과 누림이 동반하도록 이끄는 예술적 표현 체계의 하나라고 할 수 있습니다.

이런 면에서 '시'는 특히 여타 예술 장르와 달리, 다음과 같은 여러 중요한 현실적 과제 기반 위에 있다는 사실에 주목해야 합니다.

1) 언어 표현의 정밀성 기반
2) 현실적 삶의 예술적 가치화와 누림
3) 독자들의 감성적 생존 동력 활성화
4) 인간의 현실적 삶의 역동성 발휘 강화

5) 인간 각자 자기 가치 실현의 지혜 발휘

6) 인류 공동체의 정서적 활성화와 역동적 공존

7) 인간의 인간다운 삶의 가치 실현

시가 가진 이러한 과제와 비전의 조건은 인간이 무지하게 태어나 현실적으로 최고 최선의 아름다운 삶을 역동적으로 성취해갈 수 있는 다원적多元的, plural 기반이 된다는 점에서 주목됩니다. 인간이 누구나 육체적 형상은 같지만 인간의 현실적 삶은 위에서 제시한 과제 기반 위에서 긍정과 부정 양면의 차별적인 존재의 모습을 드러내며, 서로 다른 개별적 가치 기반의 삶을 형성하고 성취하며 자율적 삶을 살아가도록 조건화되어 있는 자기 정체성의 밑바탕이기 때문입니다.

이런 면에서 김기호 시인의 작품들은 특별한 경험과 사고 체계에 기초한 정보를 바탕으로 합니다. 또한 자각적으로 도출하여 형성해낸 현실적 삶의 조건과 미래 지향적 과제의 기반을 보여줍니다. 이러한 토대로 위에서 일종의 자기 철학, 기쁨, 비전, 희망, 꿈, 자기 사랑 등을 음악적 가락에 실어 언어로 제시하며 독특한 예술적 메시지를 담고 있습니다. 시인이 창출해낸 60편의 작품들은 다음과 같은 몇 가지 관점에서 감성과 지성과 정서적 공감의 통합적 토대에서 비롯된 인간 조건의 특별한 메시지를 담고 있다고 말할 수 있습니다.

1) 언어 표현상의 조직적 문장 체계
2) 지성과 감성의 조화와 이해의 수월성
3) 정서적 공감의 독특한 언어 표현력 기반
4) 시의 메시지가 전하는 우월적 공감력
5) 삶의 바른 가치 인식과 자율적 성취
6) 세상에 헌신하는 아름다운 인간 조건의 밝힘
7) 인류의 아름다운 평화 공존

시가 위의 여러 조건에 기초한 문학의 한 장르이며, 동시에 예술의 한 영역에 속한다는 면에서, 시인이 전하고 있는 여러 시편들은 인간의 기본적 존재 동력인 감성과 지성을 활성화하여 전하는 역동적 잠재력을 품고 있으면서, 독자들에게 자기 삶을 더 가치 있게 주도적으로 성취하도록 이끄는 아주 은밀한 정보를 함유하고 있다는 면에서 큰 관심을 갖게 합니다.

이런 점에서 이 세상 시인들이 자기 주도적으로 집필해낸 모든 시가 역사적으로 모두 다 동일한 수준의 시로서 똑같은 가치 정체성을 가질 수 있는 것이 아니라는 사실도 주목해야 합니다. 말하자면 시는 시인의 언어 표현 능력과 가치와 비전이 내포하고 있는 현실적 의의意義, significance 등에 대한 올바른 이해를 필요로 합니다. 또한 이를 바탕으로 공감력 발휘의 수용적 성취가, 긍정과 부정 양면에서 작가마다 천차만별로 다를 수밖에 없다는 것입니다.

바로 이러한 관점에서 김기호 시인의 여러 작품이 특별

히 주목되는 사실은 시적 상상력과 언어 표현력이 보통의 상식적 수준을 넘어 아주 독특한 자기만의 개별적인 기반 위에서 독자들의 남다른 호기심을 유발할 수 있는 특별한 잠재력을 품고 있다는 점입니다. 시인이 사용하는 언어들은 차분하면서도 분명하게 자신의 특별한 사고 체계에 따른 지성과 감성을 조화롭게 활용 제시함으로써, 자신의 차별적 정체성과 시인으로서 갖는 자신의 내면 메시지를 특별한 표현 능력에 기초하여 은밀히 감성적 공감을 도출해 전하고 있음을 알 수 있습니다.

2

김기호 시집의 1부 '그리운 그대' 주제에서 세 편의 시를 임의 선택하여 이들 시 하나하나가 품고 있는 독특한 지성과 감성과 개성 기반의 차별성과 주목되는 메시지 및 예술적 가치와 의의를 분석적, 해석적으로 살펴봄으로써, 그가 보여주고 있는 시적 정체성과 가치를 구체적으로 밝혀보고자 합니다.

여보게,
내가 죽거든
대안리 매지 임도를
이른 아침 걷다가
거미줄에 걸려 죽은 줄로
알게

길섶 산딸기가 익어가는 어느 날
소쩍새 우는 산굽이 길모퉁이에서
개망초처럼 하염없이 서서
그대 오기를 기다리다
늦깎이로 핀 애기똥풀 바라보며
행복하게 죽은 줄 아시게

사는 게 별일이었던
한세상 애틋하게 살다가
뉘엿뉘엿 지는 해처럼
황홀하게 붉은 노을을 남기며 떠나는
아름다운 것 중 하나로
기억해주게

유월은 찔레꽃 지고
분홍빛 낭자한 딸기꽃 남아
씨앗을 준비하는 초여름

이 햇빛 찬란한 숲길
홀로 걸으며
이른 아침 소풍길 아름다웠다고
앞서간 엄마 아버지 만나면
말해드려야겠네

여보게,

이 호젓한 숲길에서

행여 나의 잠든 주검을

만나더라도

너무 놀라지 말게.

—「여보게」 전문

이 시는 시의 소재와 자기 견해의 표출이 보통 다른 시에서 보기 어려운 독특한 차원의 상상력과 표현력에 기초하여 독자들의 심령을 깊이 충동하는 공감력을 품고 있다는 면에서 두드러집니다. 시가 담아내고 있는 것은 인간 누구나 자신의 삶을 자기 주도적, 경험적, 자율적으로 성취하며 살아가지만 세월이 흘러 늙어감에 따라 맞을 수밖에 없는, 죽음의 비극적 한계를 시적 자아의 감성적 정서 기반 위에서 공감적으로 잘 밝혀주고 있다는 점입니다.

또한 인간의 한 생애를 '소풍길'로 인식하면서 살아오다가 이 소풍 길이 멈추게 될 때 보통 사람들처럼 가슴 아프게 판단하는 것이 아니라, 사실은 겪지 못할 것을 남달리 아름답게 겪었다는 역설적 독백으로 제시하고 있다는 사실입니다. 우리 인간은 누구나 자기 죽음을 슬프고 가슴 아프게 생각하는 것이 보통이지만, 자기도 모르게 태어나 아주 특별한 경험적 삶을 살아오게 된 자신의 한 생애에 대한 감사의 마음을 이렇게 아주 남다른 소회의 기반 위에서 표출해냄으로써, 우리 인간들의 정서와 감성을 은밀히 자극하고 이로써 누구나 사람으로서 인간다운 삶을 지혜롭고 아름답게 주도 성취해 나가도록 이끄는 동력 발휘의 계기를 도출해 주고 있다 하겠습니다.

3

떠올린다는 것은
목격을 온몸으로 겪어내는 일

엄마는
벌거벗은 다섯 살배기를
눈길 손길로 기억한다

경험한다는 것은
사태를 새김질로 담아내는 일

다섯 살에 멈춘 기억은
상여 나서던 집 앞 빈터
아부지 뒤 졸졸 따라 걷던
흐릿한 풍경 한 자락

외딴 밭 덩그러니 초가 한 채
사립문 밖에서
빼꼼 열린 방문
훔쳐보던 침침한 기억뿐

기침과 각혈 가득했던
어두운 방안의
고통과 죽음 길어낼 수 없다

기억한다는 것은
온몸으로 사태를 겪어내는 일

기억하지 못한
실존 목도目睹하고
뒤늦게 엄마의 사별死別을 퍼 올리는 일.

—「존재와 기억의 반추」 전문

이 시에 등장하는 언어의 특징은 '떠올린다, 목격, 기억, 경험, 사태'라는 단어들의 유의성입니다. 기억은 목격과는 다른 타자를 갖는 말이며, 경험은 '사실'과 사태를 포함하는 말이기도 합니다. 떠올린다는 것은 시적 화자가 죽음이라는 '사실과 사태'를 겪어내는 일이며, 기억하고, 새김질로 담아내는 일로써, 이러한 감각적이고 사유적인 언어를 사용하여 엄마와의 사별의 기억을 '길어낼 수 없다'고 담담히 고백하며, 다섯 살 기억의 실체를 비탄하는 화자의 모습을 은밀하게 제시함으로써, 시적 차별성과 독자성을 보여주고 있습니다.

따라서 이 시는 인간이 창조적으로 부여받고 있는 가장 중요한 생존 조건으로서의 자기 정체성 인식과 이에 기초한 자기 삶의 여러 사실을 '기억記憶, memory'하였다가 이를 객관적으로 돌이켜보는 인간의 정서적 존재 모습을 음악적 가락, 즉 정서적 운율에 기초하여 표출해낸 은밀한 고백입니다. 시인이 어린 시절 겪었던 "흐릿한 풍경 한 자락" "침침한 기억뿐"인 엄마에 대한 다섯 살의 기억을 불러와 "기침과 각혈 가득했던/ 어두운 방안의/ 고통과 죽음 길어낼 수 없다"라는 현재의 성찰을 담아내며, 엄마의 죽음이라는 사태를 기억하지 못하는 자식의 비탄을 역설로 표현함으로써 안타까운 공감을 은밀히 추동합니다.

4

「시집 가는 날」의 시간은 마지막 연의 '오늘'로 딸이 어린 시절을 지나 결혼식 하는 날입니다. 시는 떠나야 하는 딸아이를 기쁘게 보내며, 부모로서 마음에 갖게 되는 애틋한 소회의 견해를 표현합니다. 어린 시절 한 몸으로 품고 살아온 딸아이가 어느새 독립적 어른이 되어 가족을 떠나 마침내 독립된 새로운 삶의 가정으로 떠나야 합니다.

이에 시는 부모로서 자식을 생각하는 순수하고 애틋한 마음의 정서를 연대기적으로 세세히 밝히어, 함께했던 행복한 시간과 애틋한 심정을 서정적 언어를 바탕으로 전하며 독자들의 마음을 애틋하게 충동하고 있다는 점에서 남다른 공감을 담아냅니다.

딸아이가 가출家出 했습니다

입에 밥풀 묻힌 채
토끼 어부바 해주던
소꿉시절 아장아장 지나가고

잠들 때마다 쿵쿵이 붙들고
엄마 떨어져 코자던 시간도
머뭇머뭇 지나가고

언덕배기 쉬지 않고
오빠랑 자전거 타던
씩씩하던 초등시절
꿈결인 듯 지나가고

토라질까 말도 못 붙이던
중학생 소녀시절 애틋하게 달아나고

늦은 밤마다
학교 후문에서 기다리던
여고시절 아련하게 스쳐가고

여름 겨울마다
기숙사 짐 빼던 날만
대학시절 어여쁜 얼굴
보여주던 딸아이가

제 손으로 밥벌이한다기에
멀리 인천 부산 떨궈놓고
돌아서던 마음 허전하던
딸아이가

어느 가을날
사랑 찾아 훨훨
행복하게 날아가는 날

오늘
우리 딸 예슬이가
출가出嫁 했습니다.

―「시집 가는 날」 전문

시에 나타난 공감력은 관찰을 통한 기억의 특별한 지적 감성과 지성 기반 위에서 시의 소재들이 전개됨을 알 수 있습니다. '입에 밥풀 묻힌 채/ 토끼 어부바 해주던/ 소꿉시절'에서처럼, 밥풀과 어부바, 소꿉, 킁킁이, 코 자던 시간은 유아 시절로 건너가게 하는 돌다리이며, 아장아장 머뭇머뭇 혹은 꿈결인 듯 지나가는 아련한 세월을 넘게 하는 문턱들입니다. 시는 그렇게 학창 시절을 단위로 딸아이와의 행복한 기억을 소환해냅니다. 모든 부모가 자식을 키우며 겪었던 기쁨과 행복을 떠올리게 하는 공감력입니다. 이 공감력의 바탕에는 인간이 창조적으로 부여받고 있는 특별한 생명과학적 정신精神, spirit의 기반 위에서 살아가는 지성적 존재로서, 부모들 마음속 깊은 곳에 담겨 있는 자식 사랑의 정서가 메시지로 담겨 있습니다.

이 시는 첫 연에서 '딸아이가 가출家出 했습니다'라는 직선적 독백을 통해 독자들의 정서를 충동적으로 자극하며, 마지막 연에서 '출가出嫁 했습니다'로 맺으면서, 놀이로 집을 나서던 아이에서, 독립된 개체로서 출가出嫁를 표현합니다. 이는 평범한 소재로 시를 쓰되 평범을 넘어서는 은밀하고 강력한 역동적 공감력 기반의 특별한 표현력을 발휘하고 있다는 점입니다.

5

김기호 시인의 여러 시편 중 3편을 선정하여 이상과 같이 해석적 소견을 밝혔지만, 이는 필자의 제한적 견해일 뿐, 실제로 김기호 시인의 작품이 다른 시인들과 특별히 구별되는 지성 기반의 차별성을 갖고 있다는 면에서 특히 주목되는 점이 많습니다. 말하자면 '시'란 말씀 言에 절 寺로 표현되는 '글'의 한 종류에 속하지만, 김기호 시인의 시는 다른 글과 차별되는 감성적 요인, 음악적 요인, 지성적 요인을 융합적으로 사용합니다. 또한 단순한 사실과 지식 전달에 멈추는 것이 아니라, 인간의 지성과 정서를 언어적 운율에 담아 통합적으로 표출해내며, 인간 자신의 현실적 삶을 더 아름답고, 가치 있게 역동적으로 성취해 나가도록 이끄는 은밀한 지혜의 동력을 내포하고 있다 하겠습니다.

그러나 불행하게도 시의 정체성은 인간들이 이해할 만큼 충실한 관점에서 이해 수용 활용되기가 실제로 매우 어렵습니다. 이는 시가 단순한 문장이 아니라 감성과 지성과 지혜와 논리와 매우 적절한 예술적 표현과 인류사적 비전을 통합적으로 공유하는 특별한 메시지 체계로 담아내야 하는 제한성을 갖는 예술이기 때문입니다. 한 편의 시가 많은 사람에게 충분한 공감을 불러오도록 조건화하여 표현해내는 것이 결코 쉬운 일은 아닙니다. 따라서 시인들의 시는 다음과 같은 두 갈래 조건에 기초하여 긍정과 부정 양면으로 차별화될 수 있어야 합니다.

1) 언어 기반의 음악적 가락과 공감적 차별성 여하
2) 예술로서의 독자성과 메시지 전달의 충실성 여하

시인들에게 두 갈래의 현실적 과제가 주어져 있다는 사실은 시 쓰기가 그리 수월한 일이 아니며, 모든 시가 개별적 차별성을 갖추되, 전하고자 하는 메시지는 각기 다른 표현력으로 형성되는 독자들의 공감력 때문에, 사람마다 긍정 부정 양면에서 천차만별로 다를 수밖에 없습니다. 그럼에도 김기호 시인은 특별한 언어 선택과 독특한 표현력으로 시 문장을 이끌어가는 힘이 많은 다른 시인들의 작품을 통해 경험했던 바와는 달리, 남다른 감성과 지성의 메시지를 조화롭게 차별적으로 표현하고 있습니다. 이는 독특한 언어 사용의 독자성이 발휘되어 나타나는 차별화의 정체성으로 독자들에게 전하는 은밀한 정서적 공감력을 갖추고 있다 하겠습니다.

김기호 시인이 갖는 독특한 언어, 표현력, 감성과 지성들은 시인으로 대학의 교수, 총장을 역임하며 30여 권의 시집을 출간한 필자를 깜짝 놀라게 하였습니다. 김기호 시인이 계획하여 출판한 모든 작품들이 부분적으로 손보아야 할 부분도 많지만, 실제로 표출해낸 메시지나 정서가 남다른 언어 표현력과 정서의 은밀한 차별성을 통해 독자의 마음을 각별하게 달리 충동하는 매우 은밀한 내면 동력을 굳건히 품고 있는 것입니다. 이런 면에서 필자는 여러 많은 독자께서, 이번 세 번째로 출간되는 김기호 시인의 새로운 시들을 통해 지성적, 정서적, 감성적으로 많은 공감과 아름다운 수용의 역동적 시간이 되기를 기원하며, 삼가 이만 서평의 말씀을 줄이고자 합니다.

시인 박민수 춘천 새청말길 누가에서 삼가 큰 절

현대시세계 시인선 153

우리 집 식구는 되고 남의 집 식구는 안 되나요?

지은이_ 김기호
펴낸이_ 조현석
기　획_ 김정수, 우대식
펴낸곳_ 북인
디자인_ 푸른영토

1판 1쇄_ 2023년 10월 20일
출판등록번호_ 313 - 2004 - 000111
주소_ 121 - 842 서울 마포구 서교동 460 - 34, 501호
전화_ 02 - 323 - 7767
팩스_ 02 - 323 - 7845

ISBN 979-11-6512-153-2　　03810

이 시집은 '원주문화재단 2023 문화예술지원사업' 후원으로 발간되었습니다.

책값은 뒤표지에 있습니다.
저자와 협의 아래 인지를 생략합니다.